# BÄREN ZAHN

BAND 3
WERNER

SZENARIO: YANN
ZEICHNUNGEN: HENRIET
FARBEN: USAGI

Ich möchte meinen beiden Weggefährten, die mich seit Beginn
der Serie begleiten, für ihr Wissen und ihre Hilfe bei der
Literaturrecherche danken:
**Michel Desgagnés und Raymond Culot.**

Ebenso gilt mein Dank Jimmy Hublot, der für mich eine BMW R11
gefunden und fotografiert hat.
*Alain Henriet*


»Diese Erzählung ist reine Fiktion.«


**All Verlag · Wipperfürth**
1. Auflage · 4/2016
Bärenzahn 3 · Werner
2016 © All Verlag für die deutschsprachige Ausgabe
Herausgeber · Ansgar Lüttgenau
Übersetzung · Saskia Funke
Lektorat · Jochen Bergmann
Graphische Gestaltung · LetterFactory, Michael Beck
Titel der französischen Originalausgabe · Dent d'ours · Tome 3 »Werner«
© DUPUIS 2015 Yann, Henriet
www.dupuis.com
All rights reserved.
Druck und buchbinderische Verarbeitung · UAB „Standartu Spaustuve", Litauen
Alle deutschen Rechte vorbehalten. Nachdruck auch auszugsweise verboten.
Kein Teil dieses Werkes darf ohne schriftliche Genehmigung des Verlages in irgendeiner
Form reproduziert oder unter Verwendung elektronischer Systeme verarbeitet, vervielfältigt
oder verbreitet werden.
ISBN 978-3-926970-66-4

Dieser Band erscheint auch in einer auf 111 Exemplare limitierten und mit einem Schutzumschlag
und einem signierten Exlibris versehenen Vorzugsausgabe.
ISBN 978-3-926970-67-1

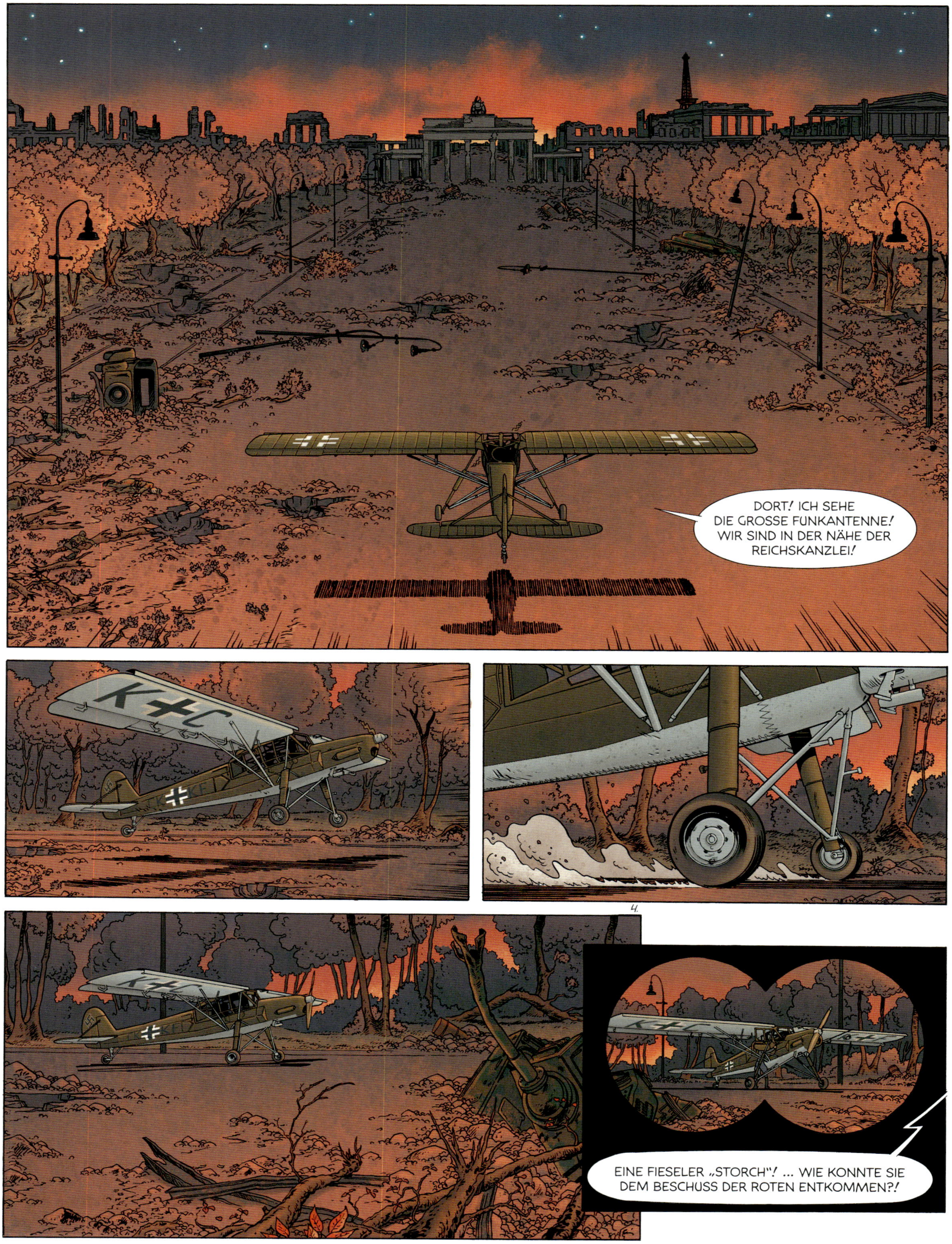

BERLIN, DREI TAGE SPÄTER.

AAAAAH!

* ROBERT RITTER VON GREIM (* 22. JUNI 1892 IN BAYREUTH; † 24. MAI 1945 IN SALZBURG) WAR DER LETZTE OBERBEFEHLSHABER DER DEUTSCHEN LUFTWAFFE IM ZWEITEN WELTKRIEG. NACHDEM GÖRING VON HITLER AM 23. APRIL 1945 ALLER ÄMTER ENTHOBEN WORDEN WAR, WURDE GREIM VON HANNA REITSCH AM 26. APRIL 1945 IN DAS BEREITS EINGESCHLOSSENE BERLIN GEFLOGEN, WO ER VON HITLER IN SEINEM POLITISCHEN TESTAMENT ZU GÖRINGS NACHFOLGER ALS OBERBEFEHLSHABER DER LUFTWAFFE UND GLEICHZEITIG ZUM GENERALFELDMARSCHALL BEFÖRDERT WURDE.

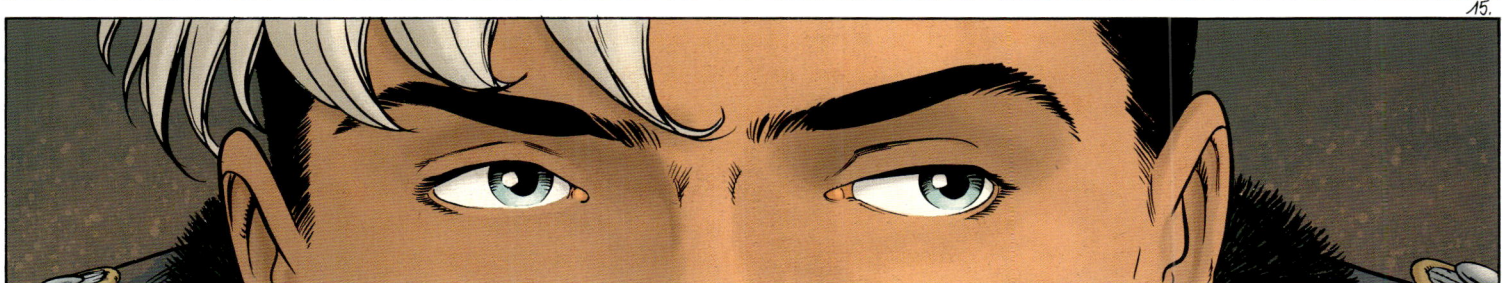

DIE FLÜGEL-OBERFLÄCHE IST MIT EINER SEHR SPEZIELLEN BITUMEN-SCHICHT AUF BASIS VON KLEBSTOFF, RUSS UND KOHLENSTOFF-PUDER ÜBERZOGEN, DIE DIESE MASCHINE FÜR RADARE QUASI UNSICHTBAR MACHT!

DIESER NURFLÜGLER IST AUS STAHLROHREN, HOLZ UND STOFF GEBAUT, WAS IHM EINE UNVERGLEICHLICHE LEICHTIGKEIT VERLEIHT...

„QUASI"...?

SCHEISSE! ICH HASSE SOLCHE ADVERBIEN!

NUN, FRAU REITSCH!? SIND SIE DIESMAL VON DER WENDIGKEIT UNSERES SPIELZEUGS ÜBERZEUGT?

BESTÄTIGT! ZIELE „BLONDER ENGEL" UND „KLEINES FRETTCHEN" IDENTIFIZIERT!

SCHLUSS MIT DEN FLUG-SIMULATIONEN!

MORGEN BEI TAGESANBRUCH WERDEN SIE DIE ECHTE HO XVIII B FLIEGEN!

HANNA, WEN HABEN SIE SICH ALS KOPILOTEN AUSGESUCHT?

GUTE NACHT... WERNER!

WERNER ZWEIKÖPFIGER!

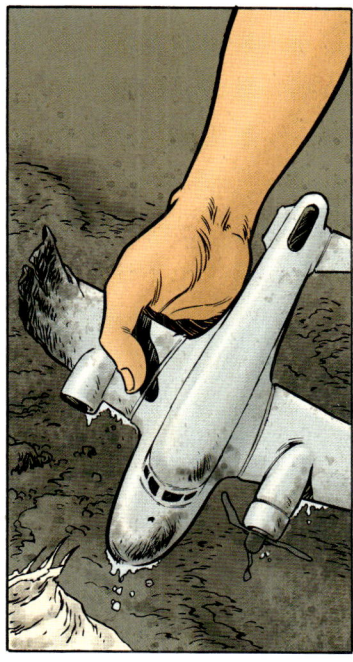

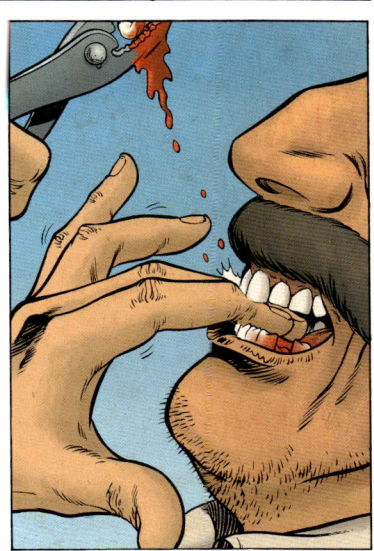

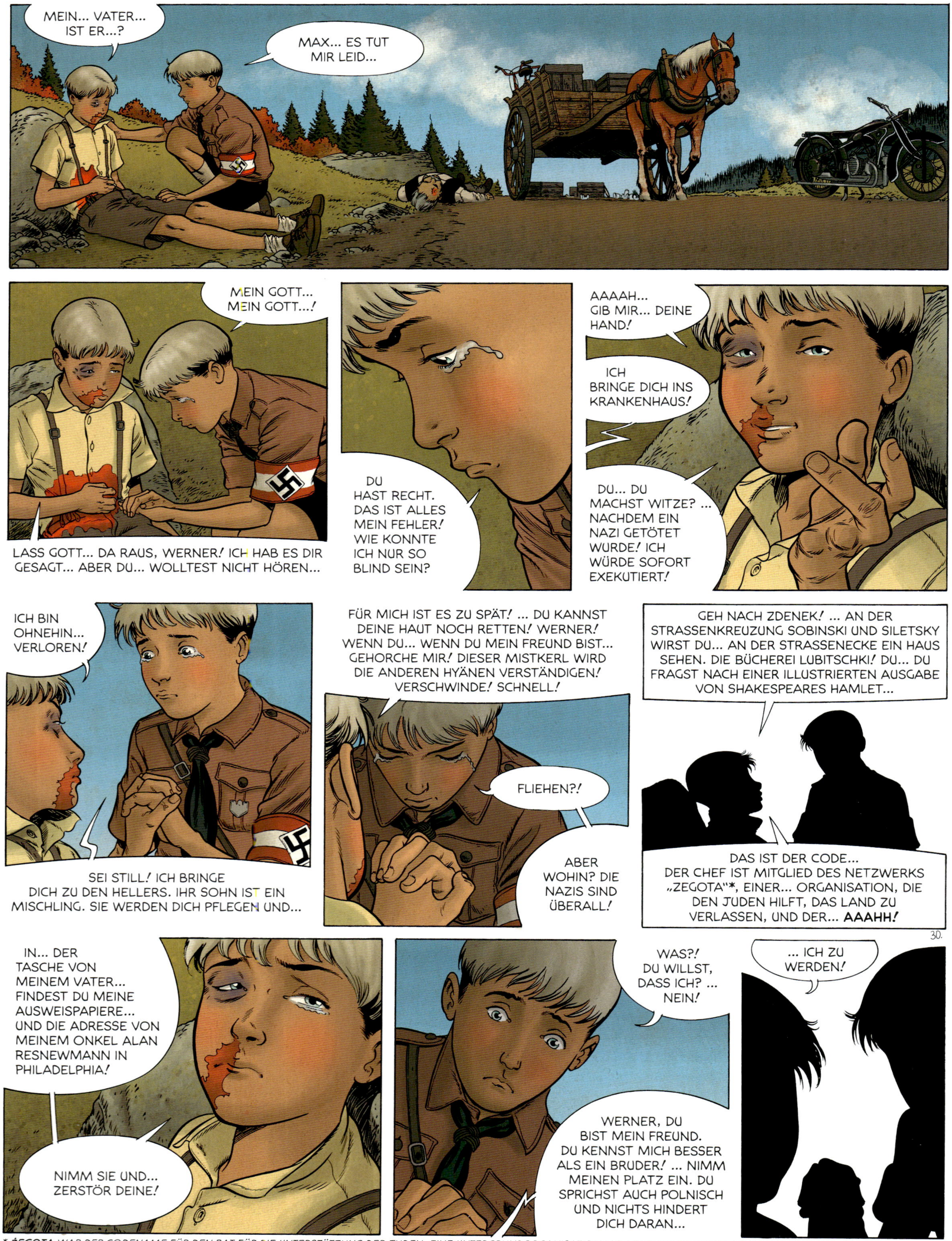

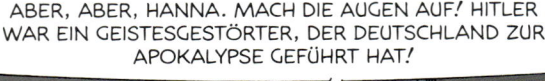

— HERVOR- RAGEND!

— DAS IST UNSER MEISTERWERK! DER HÖHEPUNKT VON ZWANZIG JAHREN LEIDENSCHAFT!

— JA! WIE SCHADE, DASS SIE DAZU BESTIMMT IST...

— SCHWEIGEN SIE, SCHWEINEHUND!

POSITIV, SIR! „BIG BAD BOY" IST JETZT EINSATZBEREIT... SENDEN SIE SOFORT „GRAND SLAM"...

34.

WERNER ZWEIKÖPFIGER? ... SIE SIND VERHAFTET!
WAS? MIT WELCHEM RECHT? ICH BIN OBERLEUTNANT UND NUR DIE LUFTWAFFE IST ERMÄCHTIGT...
SCHWEIGEN SIE! DIE GESAMTE BASIS STEHT AB JETZT UNTER KONTROLLE DER SS!
ICH PROTESTIERE...
ES REICHT! BEENDEN SIE DIESE KOMÖDIE, ZWEIKÖPFIGER!
ODER SOLLTE ICH... MAX KURTZMAN SAGEN?
KURTZMAN? ICH VERSTEHE NICHT...
WO HABEN SIE IHRE ZWEI FINGER VERLOREN, HERR OBERLEUTNANT?
IM VÄTERLICHEN SÄGEWERK ZWEIKÖPFIGER, WIE SIE BEHAUPTEN?
... EINEM SÄGEWERK, DAS ES NIE GAB!
35.
ODER EHER BEIM BASTELN MIT RAKETEN WÄHREND IHRER KINDHEIT... MAX KURTZMAN?
DAS IST LÄCHERLICH! DIESE ANSCHULDIGUNGEN SIND HALTLOS!
SEIEN SIE STILL, JUDE! ... WIE KONNTEN SIE ES WAGEN, DIE UNIFORM UNSERER GLORREICHEN LUFTWAFFE ANZUZIEHEN!? ICH SOLLTE SIE AUF DER STELLE ERSCHIESSEN!
LEIDER MUSS ICH NOCH EINE LETZTE BESTÄTIGUNG ABWARTEN... UND DANN WIRD ES MIR EIN VERGNÜGEN SEIN, SIE PERSÖNLICH ZU EXEKUTIEREN!
SOLDAT! DIESER MANN HAT SEIN QUARTIER NICHT ZU VERLASSEN!
WENN ER SICH NICHT AN DIE AUSGANGSSPERRE HÄLT... ERSCHIESSEN SIE IHN, WIE EINEN RÄUDIGEN HUND!

BASIS DER 617. STAFFEL DER RAF.

MUT, WERNER! DU HAST KEINE WAHL!

ES MUSS SEIN!

AAAAAAAH AAAAAH!

JETZT... IST WERNER TOT!

ICH BIN MAX KURTZMAN!

WIR HABEN EIN VERSCHLÜSSELTES FUNKTELEGRAMM AUS FLENSBURG ERHALTEN, WO DIE REGIERUNG VON GROSSADMIRAL DÖNITZ SITZT!
AUF DEN HÖCHSTEN POSTEN DES REICHS FOLGT EIN VERRAT AUF DEN ANDEREN! HIMMLER, GÖRING, JODL, KEITEL... DIE WICHTIGSTEN GENERÄLE DES ARMEEKORPS GEBEN SICH GESCHLAGEN... ALLES VERRÄTER UND SCHWÄCHLINGE!
DIE SITUATION IST HOFFNUNGSLOS!
NUR DIE SS-DIVISIONEN BLEIBEN DEM HEILIGEN EID TREU, DEN SIE DEM FÜHRER GABEN!
DIE ALLIIERTEN TRUPPEN NÄHERN SICH DEM GEBIET VON FLENSBURG. DÖNITZ' REGIERUNG WIRD KAUM LANGE STANDHALTEN!
ES IST VON ENTSCHEIDENDER BEDEUTUNG, DEN ANGRIFF ZU STARTEN!
FLUGKAPITÄN REITSCH! SIE STARTEN BEI TAGESANBRUCH! OBERLEUTNANT HAUNEBÜ WIRD SIE UNTERSTÜTZEN!
WAS? ABER...
DAS IST EIN BEFEHL!
DIE HO XVIII WIRD DERZEIT MIT DEM PROJEKTIL „V-4" BELADEN!
SIE HABEN BIS MORGEN FRÜH ZEIT... EINE LETZTE NACHRICHT AN IHRE FAMILIEN ZU VERFASSEN!
FLUGKAPITÄN... EINE NACHRICHT FÜR SIE!
WAS STEHT IN DER NACHRICHT?
ÄHM... ES IST PRIVAT, HERR GENERAL-LEUTNANT! ICH KANN NICHT...
VERDAMMT NOCHMAL! DAS IST EIN BEFEHL!
DER VATER DES FLUGKAPITÄNS, IHRE MUTTER UND IHRE SCHWESTER... HABEN SELBST-MORD BE-GANGEN!
39.

ES IST ZU SPÄT, UM WIEDER HINUNTERZUSTEIGEN! DAS WÄRE SELBSTMORD!
PAH! WIR VERBRINGEN DIE NACHT HIER...
DAS FEUER! WIR MÜSSEN ES WIEDER ANFACHEN!
ICH... ICH MÖCHTE NICHT IM DUNKELN BLEIBEN!
UND WOMIT? WIR HABEN KEINE TROCKENEN ÄSTE MEHR!
LEGEN WIR UNS SCHLAFEN, IHR ANGSTHASEN!
HIER?! ... ABER WIR WERDEN ERFRIEREN!
SO EIN FEIGLING! WENN DU IN DER HITLERJUGEND WÄRST, WIE ICH, WÜRDEST DU NACHTÜBUNGEN MACHEN, DIE...
ACH... SCHON GUT! ENTSCHULDIGT!
GUTE NACHT, JUNGS!
HANNA... DARF ICH DICH ETWAS FRAGEN?
WEN VON UNS BEIDEN... MAGST DU LIEBER?

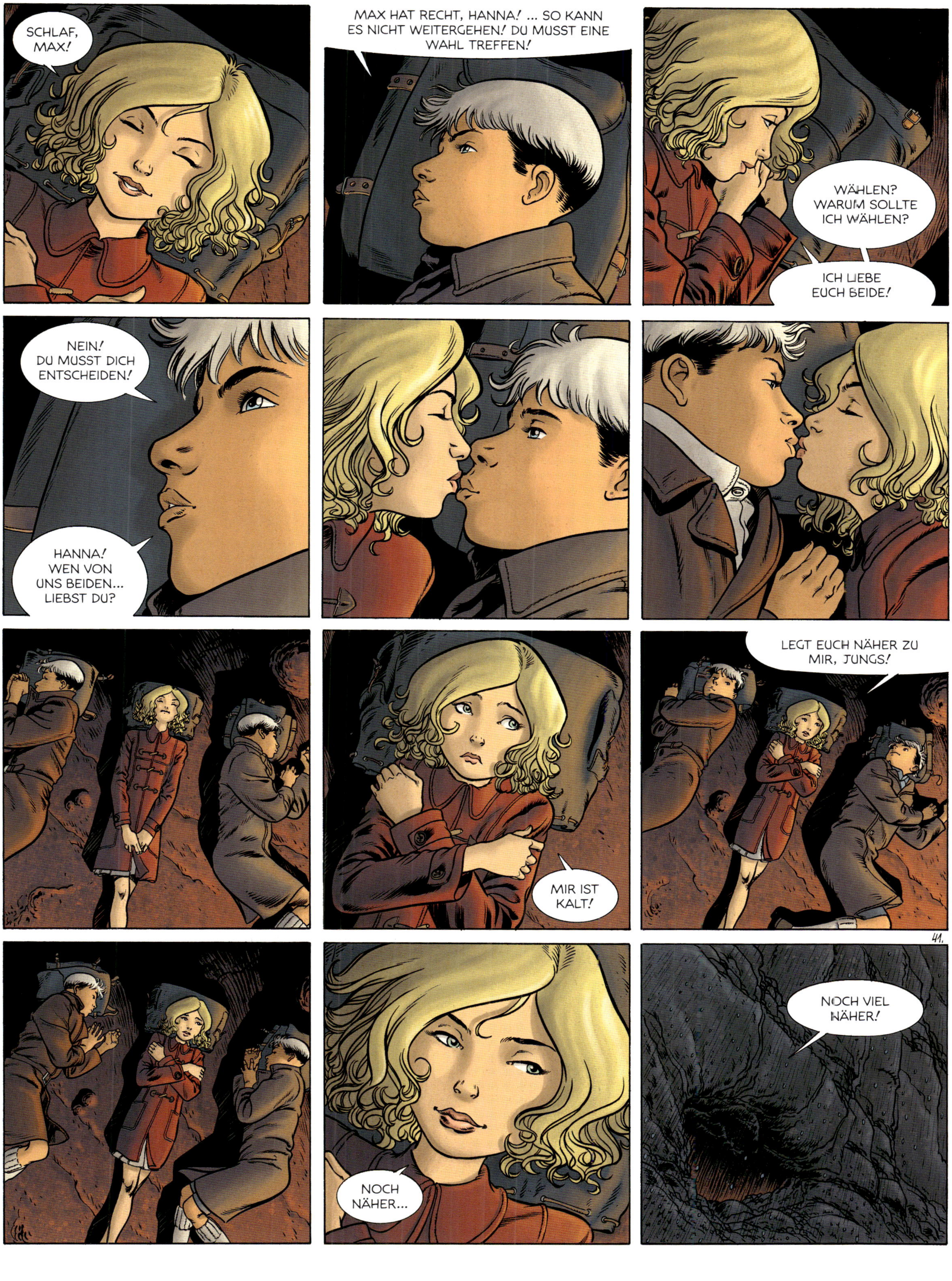
SCHLAF, MAX!
MAX HAT RECHT, HANNA! ... SO KANN ES NICHT WEITERGEHEN! DU MUSST EINE WAHL TREFFEN!
WÄHLEN? WARUM SOLLTE ICH WÄHLEN?
ICH LIEBE EUCH BEIDE!
NEIN! DU MUSST DICH ENTSCHEIDEN!
HANNA! WEN VON UNS BEIDEN... LIEBST DU?
MIR IST KALT!
LEGT EUCH NÄHER ZU MIR, JUNGS!
NOCH NÄHER...
NOCH VIEL NÄHER!

HANNA?
ABER...
SEI STILL!
ICH BRAUCHE... ZÄRTLICHKEIT!
NIMM MICH IN DEN ARM!
HALT MICH FEST!
NOCH FESTER!

ICH SCHULDE DIR EINE ENT-SCHULDI-GUNG!
DU HATTEST RECHT HINSICHTLICH DES SCHICKSALS, DAS DIE NAZIS SICH FÜR DIE JUDEN AUSGEDACHT HABEN!
DIESE... „ENDLÖSUNG", DIE VOLLSTÄNDIGE AUSROTTUNG DER JUDEN, ÜBER DIE ICH SCHON GERÜCHTE GEHÖRT HABE...
„AUSROTTUNG"? ... HANNA! DU WIRST DOCH NICHT DIE PROPAGANDA DER ALLIIERTEN GLAUBEN, DIE...
MAX! ALS ICH HITLER VON ANGESICHT ZU ANGESICHT GETROFFEN HABE, BAT ICH IHN, MIR DIE WAHRHEIT ZU SAGEN!
ER HAT ES MIR LEIDER BESTÄTIGT!
AUS ABSURDEN GRÜNDEN DER ÜBERLEGENHEIT DER ARISCHEN RASSE ODER EINER ANGEBLICHEN INTERNATIONALEN VERSCHWÖRUNG DER ZIONISTEN! ER HAT MIR DETAILS GENANNT... ABSCHEULICH! ICH WAR... ANGEWIDERT!
WILLST DU SAGEN... DU BIST KEIN NAZI MEHR?
SO EINFACH IST DAS NICHT!
43.
MEINE GESAMTE FAMILIE HAT SICH UMGEBRACHT... WIE MILLIONEN ANDERE DEUTSCHE, DIE SICH WEIGERTEN, DIE ABSCHEULICHEN GRÄUELTATEN DER BOLSCHEWIKEN HINZUNEHMEN!
ABSCHEULICH? ... UND WIE NENNST DU DIE GRAUENHAFTEN MASSAKER, DIE UNSERE TRUPPEN WÄHREND DER INVASION IN RUSSLAND VERÜBTEN?!
AUCH WENN DU RECHT HAST, SIND MIR DIE GRÜNDE EGAL! ICH HABE KEINE WAHL!
ALS FLUGKAPITÄN IST ES MEINE AUFGABE ZU KÄMPFEN... BIS ZU MEINEM LETZTEN ATEMZUG!

** DAS **AMERIKABOMBER-PROJEKT** WAR EINE INITIATIVE DES REICHSLUFTFAHRTMINISTERIUMS (RLM) ZUR ENTWICKLUNG EINES LANGSTRECKENBOMBERS FÜR DIE LUFTWAFFE, DER IN DER LAGE WAR, DIE USA VON DEUTSCHLAND AUS ANZUGREIFEN.*

10 TONNEN TNT!

ENJOY IT, BLOODY BASTARDS!

**UND? KONNTEN SIE ENDLICH KONTAKT ZU DEN POLNISCHEN AGENTEN DER ARMIA KRAJOWA\* HERSTELLEN?**

**BEI ZEUS! DIE LANCASTER\*\* MÜSSEN DAS ZIEL BEREITS ERREICHT HABEN! WAS SAGEN SIE?**

**SIR! ICH HABE KONTAKT ZU MAREK CELT!**

**HOLY CRAP! UND?!**

**ES IST BESTÄTIGT! DIE BASIS IST VERNICHTET!**

**PROJEKT A-10 IST „KAPUTT"!**

**SIR... ABER... WAS IST MIT UNSEREM EINGESCHLEUSTEN AGENTEN, MAX KURTZMAN? LAUT DEN POLEN BEGLEITETE ER HANNA REITSCH UND...**

**MAX KURTZMAN... HANNA REITSCH... SPIELEN KEINE ROLLE MEHR!**

\* DIE **ARMIA KRAJOWA** (POLNISCHE HEIMATARMEE) WAR EINE MILITÄRORGANISATION IM VON DEUTSCHLAND BESETZTEN POLEN.
\*\* DIE **AVRO 683** „LANCASTER" WAR EIN BRITISCHER VIERMOTORIGER BOMBER. SIE WAR DER BEKANNTESTE BOMBER DER ROYAL AIR FORCE.

*ENDE DES ERSTEN ZYKLUS*

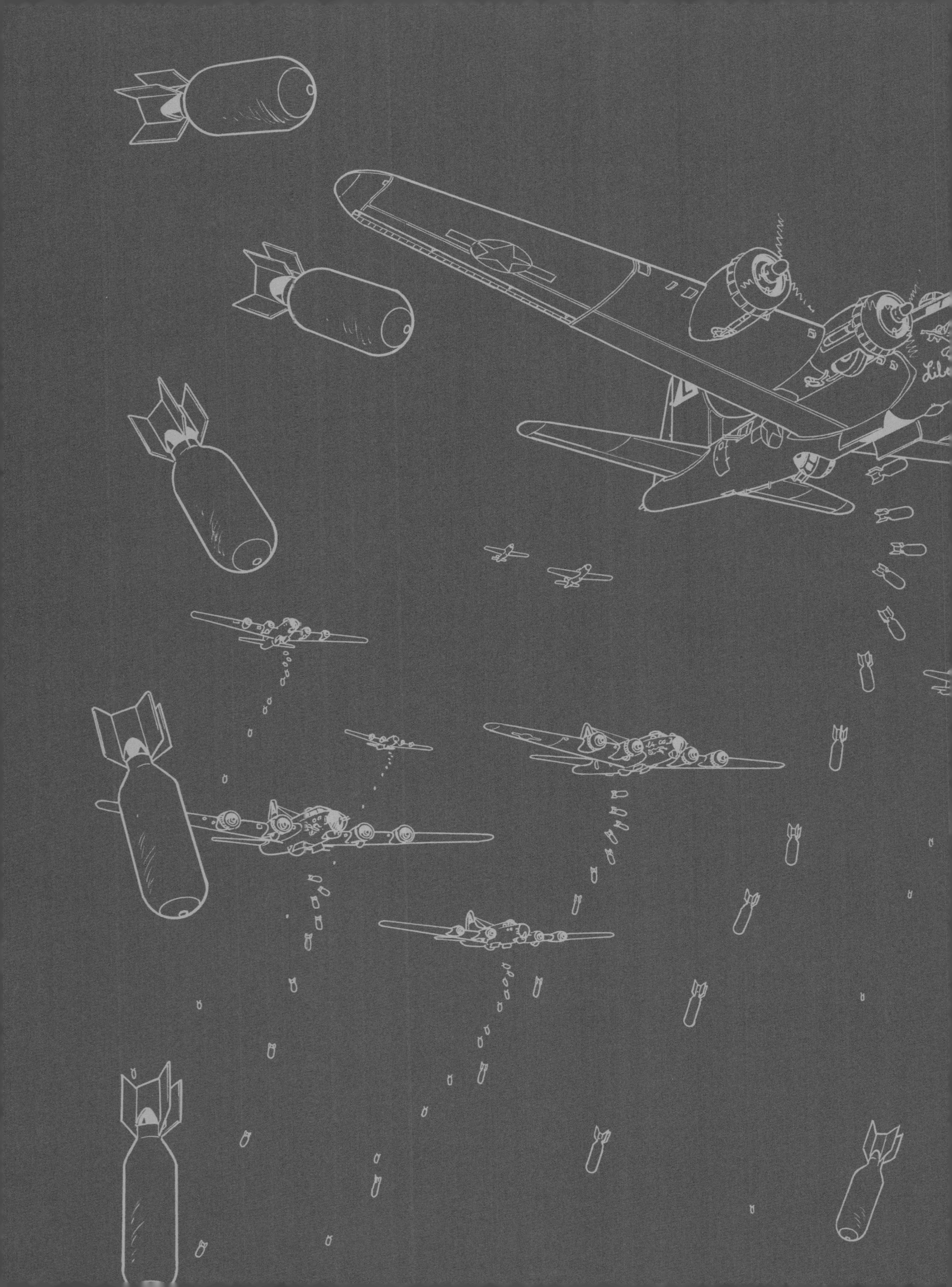